まっぷ
マップ（しゃかいかけんが
JN183233
ごーる
ゴール
えんまだいおうが
さいばんを
するところ
まいごに
ならないように
ちずを　おぼえてね
5
えんまおうちょう
とがった はりが
たくさん はえている じごく
4
はりやま
じごく
こわい～
2
ほのおの
じごく
くびこ
クビコ
せんせい
ぽー
ポーちゃん

おばけのポーちゃん

おばけのたんけん

吉田純子　作　　つじむらあゆこ　絵

「ポーちゃん、ポーッとしてないで、きょうかしょを　ひらいて！」
クビコせんせいが、くびを　ながーく　のばしました。
クビコせんせいは、おばけの　ろくろっくびです。
「う、うん」
ポーちゃんは、
おこられて
　しまったので　あわてて
きょうかしょを　ひらきました。
　ここは、
おばけしょうがっこうです。

おばけのこどもたちが、りっぱな
こわいおばけに　なるために、
まいにち、べんきょうしています。
「あしたは、いよいよ
しゃかいかけんがくの　ひですよ。
こうちょうせんせいと　いっしょに、
じごくに　いきますよ」
きょうかしょには、
おおきな　ねっとうの　かまと、
はりのやまの　しゃしんが　のっています。

「じごくは、それはそれは、こわいところです。そこで、
こわいおばけに　なるための　おべんきょうを　します。
『こわいおばけに　なれなかったこは、
じごくから、かえさない』と、
えんまさまが　いっていますよ」
「えっ？」
「そのこだけ、じごくに
とりのこされるということです」
「えっ、そんなのやだよっ、
こわいっ、ストーップ！」

ポーちゃんは、さけびました。
とたんに、みんながピタリと
うごきをとめました。まるで、
カチンコチンに　からだが
こおってしまったみたいに。

ポーちゃんは、
『かなしばりおばけ』です。
ポーちゃんが、「ストップ！」と
いうと、まわりのみんなは、
うごけなくなってしまうのです。

また　やったのね！
だって、
だって、
じごく、
こわいもん！
1

ほらほら、
そうやって
こわがるのが、
いけないのよ
だって、
だって……
2
だいじょうぶよ、
だいじょうぶ。
じごくの　おはなしを、
みんなといっしょに
ちゃんと　きけば、
きっと
かえしてくれるから
ほんとう？
3

ほんとうよ。
だから、とにかく、
はやく
うごけるように
してちょうだい！
う、うん、
わかったよ
じごくのはなし
4

ポーちゃんは、うなずくと、
うごけ、
うーごけ！
ジャンプをして、
クルリと
いっかいてん。
とたんに、みんなは、
うごけるようになりました。
5
でも、やっぱり、
じごくに　いくの、
いやだなあ……
6

つぎのひ、みんなは、
ふねに　のりこみました。
こうちょうせんせいが、
ゆびを　さしました。
「この『さんずのかわ』を　わたった
むこうが、じごくだよ」

ふねをおりると、こうちょうせんせいが　あたまの　つのを
なでながら　いいました。
「みなさんは、じごくを　けんがくしてきてくださいね。わたしは、

ひとあしさきに　いって、えんまさまに
ごあいさつしてきます。そのあと、
オニの　かいぎに　しゅっせきします」
クビコせんせいが、くびを
にゅうーっと　のばしました。
「みんなは、ちゃんとならんで、
ついてきてくださいね」
けれども、そのとき、ポーちゃんは、
みずを　ポーッとながめていました。
「このかわ、おさかな、いるのかな……」

そして、　きがついたときには、　もう、
まわりに　だれも　いませんでした。

「みんなー、　どこいっちゃったのーっ？」

あせったポーちゃんは、　さけびました。

なきたくなってきました。

「ん？　あれは……」
こうちょうせんせいが
ひとりぼっちの　ポーちゃんに
きがつきました。

だつえば

ポーちゃんが、　みんなをさがしながら　あるいていると、
はなしごえが　きこえてきました。
そちらのほうに　いってみると、
「ほらほら、　これも　ぬぐんだよ！
ぐずぐずするんじゃないよ！」
おばあさんが、
ひとびとの　ふくを
はぎとっています。
　そのかおは
オニのよう。

ポーちゃんは、
とっさに　きのかげに
かくれました。
ところが、
「ん？　そこにいるのは
だれだい？」
すぐに
みつかってしまいました。
おおきな　めに、ギロリと
にらまれました。

「うわぁーんっ！」
ポーちゃんは、おもわず
にげだしました。
「まてーっ！」
おばあさんが
りょうてを　ふりあげ
ものすごい　いきおいで
おってきます。
「にげるなー、まてー！
まてといったら、まてーっ！」

そのあしの　はやいこと、　はやいこと。
ポーちゃんは、　たちまち
おいつかれてしまいました。
つかまったら、　たべられちゃう！
そうおもった　ポーちゃんは、
「うわあーんっ、　ストーップ！」
と、　さけびました。

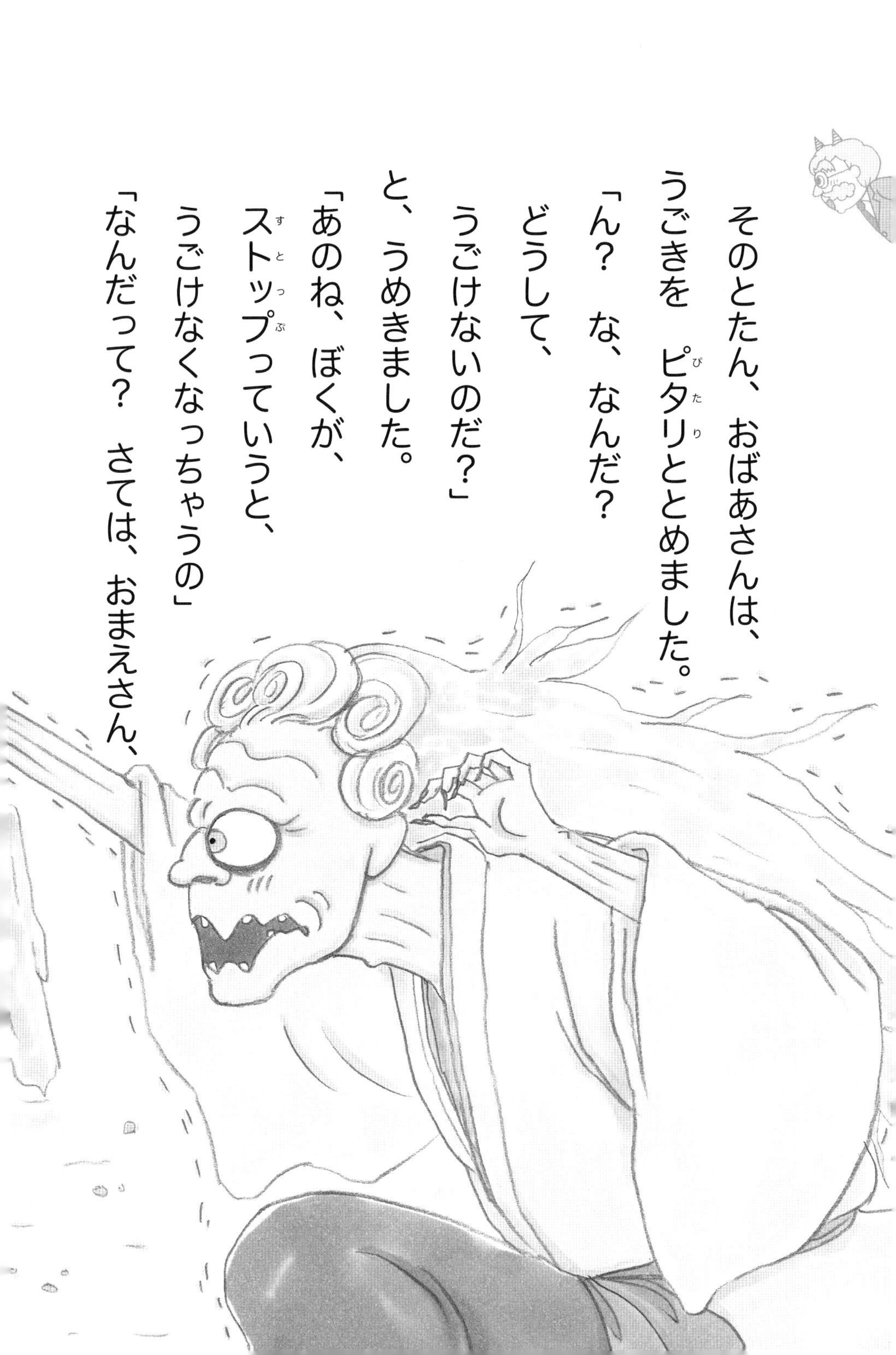

そのとたん、おばあさんは、
うごきを　ピタリととめました。

「ん？　な、なんだ？
どうして、
うごけないのだ？」

と、うめきました。

「あのね、ぼくが、
ストップっていうと、
うごけなくなっちゃうの」

「なんだって？　さては、おまえさん、

にんげんではないな」

「うん。ぼく、ポーちゃん。
おばけなの」

「ふーん、そうかい。あたしゃ、
だつえばだよ。このよと、あのよの
さかいにある　このかわの　ほとりで、
ここにきた　にんげんの
ふくを　はぎとる　やくめを
しているんだよ」

だつえばは、うごきを　ピタリと　とめたままで、いいました。

「だけど、どうして　おばけのこが、こんなところに　いるんだい？」

「あのね、こわいおばけに　なれるように、おべんきょうしにきたの。こわくならないと、おうちに　かえしてもらえないんだって」

「なるほど、そうかい。でも、あんしんおし。あたしの　マネをすれば、こわいおばけに　なれるから」

だつえばが　いいました。

「それから、じごくを　ひとりで　たんけんしてみるんだね」

「たんけん？」

「そうとも。こわい　じごくを

みれば、さらに　こわいおばけに　なれる。
やくそくするよ。だから、はやく
うごけるようにしておくれ」
「うん、わかったよ」
ポーちゃんは、うなずくと、
「うごけ、うーごけ！」
ジャンプをして、
クルリといっかいてん。
とたんに、だつえばは、
うごけるようになりました。

「じゃあ、いいかい？　あたしのマネを　するんだよ」
そういうと、だつえばは、りょうてを　ふりあげました。
「おまえの　ふくを　はぎとってやるーっ！」
じひびきのような　ひくいこえで、
さけびました。
「う、うわあーんっ、
こわいよーっ！」
ポーちゃんは、なきだしてしまいました。
「おやおや、おまえさんが
ないて、どうするんだい。

あたしのマネを　するんだよ」

「だって、だって……」

ポーちゃんは、こわくてこわくて、

もうおおなきです。

「おやおや、なんだい。はなみずと、

よだれまで　たらしてさ。それじゃ、

あんぽんたんの、オタンコナスに

なっちまうよ」

だつえばは、カッカカッカと

わらいだしました。

「そんなことじゃ、いえには、かえらせてもらえないね」

それをきいた　ポーちゃんは、すぐに　なきやみました。

ひとりで　じごくに　おいていかれるなんて、ぜったいに　いやです。

「いいかい？　もういちど　やるから、よくみてるんだよ」

「う、うん」

「おまえのふくを　はぎとってやるーっ！」

りょうてを　ふりあげました。

「お、おまえのふくを
はぎとってやる……」

ポーちゃんは、

ひっしに　マネします。

「ダメダメ、そんなんじゃ！
もっと　おおきなこえで！」

「お、おまえのふくを
はぎとってやるぅ……」

「りょうてを　バサリと
ふりあげて！」

「お、おまえのふくを
はぎとってやる～……」

「めも、つりあげて！」

お、おまえのふくを
はぎとってやるぅ〜……
もっと　ドスをきかせて！
1

おまえのふくを
はぎとってやるーっ！
ポーちゃんが、
やけくそになって
さけぶと、
まあ、
そんなところかな
だつえばは、
うんうんと、
うなずきました。
2

はじめよりは、ずいぶん
こわくなったよ
ほんとう?
ほんとうだとも
あー、
よかった
ねえ、だつえばさん
だつえばさんって、
ここにきた　ひとの
ふくを　はぎとる
やくめだよね?
そうだとも
3
4

「あのね、さっきから、みんな、ふくを
きたまま　いっちゃってるけど、いいの？」
「え？」
みると、ふねからおりた
ひとびとが、そのままの
ふくそうで、じごくに
ぞろぞろと
むかっています。

「ま、まずい！　おしえるのに
むちゅうになりすぎたよ！」
だつえばは、りょうてで
あたまを　かかえました。
まえに　ひとりだけ、ふくを　ぬがしわすれて、
じごくに　とおしてしまったことが　ありました。
そのとき、えんまさまに、きつーいおしおきを
されたのです。どくへびの　なべに、
ほうりこまれてしまったのです。

「ど、どうしよう！
もう　なんにん、そのまま
じごくに　いっちまったか、
わかりゃしないよ！」
だつえばは、おんおんと
なきだしました。
「あー、だつえばさん、
はなみずと、よだれ　たらしてる！
あんぽんたんの、オタンコナスに　なっちゃうよ！」
ポーちゃんは、プッと　ふきだしてしまいました。

さいもうしょう

「みんな、どこに　いっちゃったんだろう……。ひとりで
たんけん、こわいなあ……」
ポーちゃんが、あたりを　みまわしながら、あるいていると、
一ぴきのムシが、ブーンととんできました。
ポーちゃんよりも　すこしおおきな
ハチのような　ムシです。
「ねえ、ムシさん」
ポーちゃんが、こえをかけました。
「は？　オレっちは、ムシじゃない！
さいもうしょうだ！

このじごくで『きたないものを　ひとに
たべさせた　にんげんに　バツをあたえる』という、
すごーいやくめを　もっているんだ！」
さいもうしょうは、えらそうに　いいました。

「ねえ、さいもうしょうさん、クラスのみんなを　しらない？」

「クラスのみんな？」

「うん。じごくのこわさを　みんなで
べんきょうしにきたの。

だけど、はぐれちゃって……」

「ふーん、そうか。でも、みんなは、
きっと　みつからないだろうな。

なんたって、じごくは、ひろいからな」

さいもうしょうは、おもしろそうに　いいました。

「かわりに　じごくのことなら、オレっちが、おしえてやらあ」

ゲラゲラと　わらいだしました。
ぞんぶんに　こわがらせて、
からかってやろうとおもったのです。
「ほーら、　みてみろ。　あそこに
あるのが、　はりやまだ。
とがった　はりのうえを
あるかされて、
からだに　グサグサ
つきささるんだ。　いたいぞー」
「ひえーんっ！」

「あっちは、どくへびの　なべだ。
もうどくを　もったへびに
かまれるんだ。くるしいぞー」
「ひえーんっ、ひえーんっ！」

「あそこは、
ほのおの　たつまきだ。
じわじわと　からだを
やかれるんだ
あっついぞー」
「ひえーんっ、ひえーんっ、
ひえーんっ！」
ポーちゃんは、もう
ガクガクと
ふるえています。

さいもうしょうは、おかしそうに
おなかを　かかえて　わらいました。
「おまえみたいな、こわがりは、
えんまさまに、もうにどと、いえには、
かえしてもらえないだろうなあ」
ポー（ぽー）ちゃんのかおは、まっさおに　なりました。
「うえーんっ、やだよ！　どうすればいいの？」
ひっしになって、ききました。
「そんなことは、かんたんさ。こわいおばけに　なればいいのさ。
それには、オレ（おれ）っちみたいに、きょうりょくな　ぶきがあればいいんだ」
「ぶき？」
「そうさ。めんたま、ひんむいて、
よーくみてろよ！」
じまんげに、おしりから
ぶっといはりを　にゅうーっと
つきだしました。
「これは、どくばりだ！　もうどくだ！
これで　さされると、その　あまりの
いたさに、みんな、ひめいをあげるんだ！」

するどい　はりを、ギラリと　ひからせました。
「いいか？　よーくみてろよ！」
いったん、そらたかく　とんだかとおもうと、

ものすごいスピードで、
おりてきました。
ポーちゃんに　はりをさす　まねだけ
して　ピタッと　とめてみせました。
「うわあーんっ！」
ポーちゃんは、ひめいをあげました。

な？　な？　こわいだろう？　こういう　ぶきが　あればいいんだ
で、でも、ぼく、なんにも　ぶき、ないもん
すると、さいもうしょうが、ゆびをさしました。

ほら、そこに、あるだろう。それを　ぶきにすればいいんだ
みると、かなぼうが、やまのように　つまれています。ポーちゃんは、そのうちの一ぽんを　てにとりました。
そうだ。それを　ふりまわしてみろ

へっぴりごしの
ポーちゃんを　みて、
バカにしたように
わらっています。
ポーちゃんに、できるわけが
ないと　おもっているのです。
ほらほら、
そんなんじゃ　ダメだ、ダメだ、
もっと　ふりまわしてみろ！
3

よ、
よいしょ
……
4
おっ？
いいじゃないか。
それで　もっと、
はやくまわってみろ
えーっ、
ムリだよーっ！
5

「ムリなんていってると、いえに　かえらせてもらえないぞ、
それでも　いいのか？」
さいもうしょうは、なみだをながして　わらっています。
ポーちゃんは、がんばって、かなぼうを　ふりまわしました。
「おお、いいね、いいね。やればできるじゃないか」
さいもうしょうが、そういったときです。
「あっ！」
ポーちゃんの　てから、
かなぼうが、すぽんと、
ぬけてしまいました。

いきおいよく
とんでいった　かなぼうは、
なんと、さいもうしょうに、
ちょくげき！
　そのまま
さいもうしょうは、
はりやままで
ポーンと
ふっとばされて
しまいました。

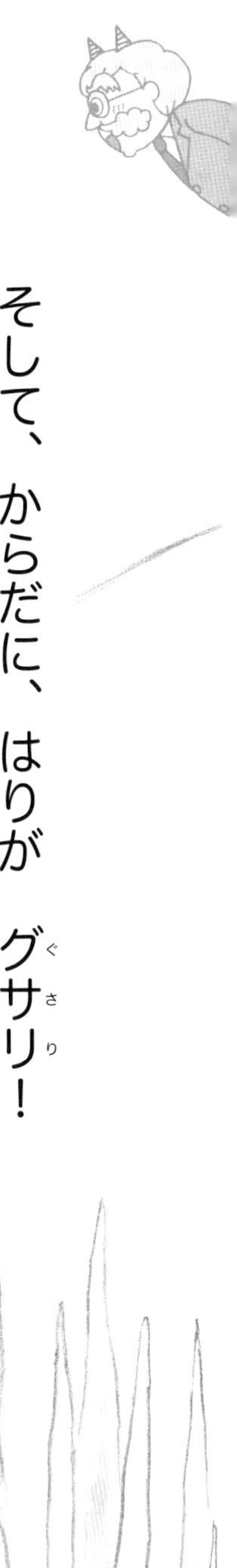

そして、からだに、はりが　グサリ！

「ウギャーッ！」

さいもうしょうは、

ひめいをあげました。

「あ、ごめん、さいもうしょうさん」

ポーちゃんは、あわてて

あやまりました。

「ま、まさか、はりが、ぶきの

オレっちが、はりに　やられるとは……」

さいもうしょうは、めをまわすと、きぜつしてしまいました。

かぞう

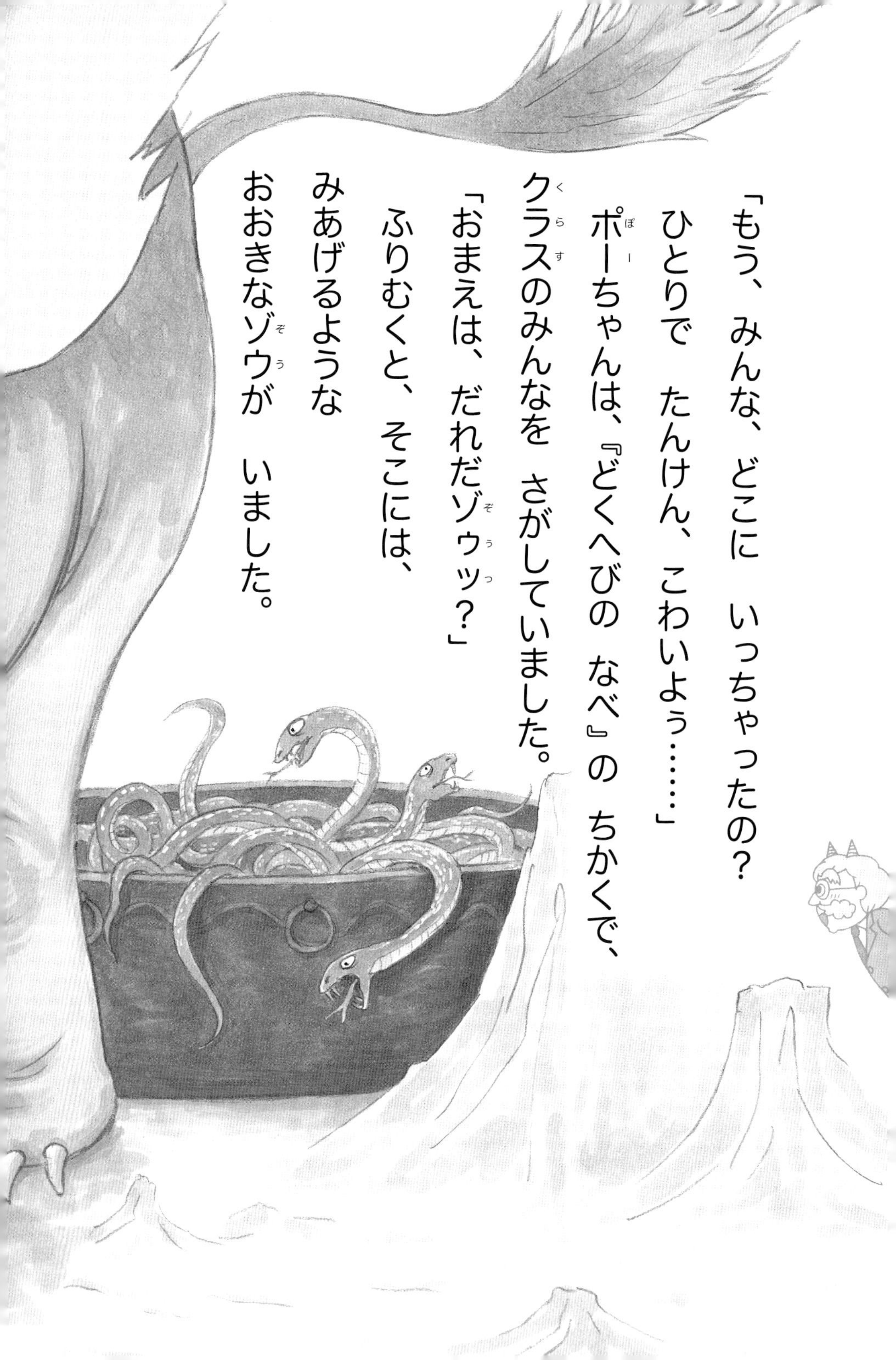

「もう、みんな、どこに　いっちゃったの？
ひとりで　たんけん、こわいよぅ……」
ポーちゃんは、『どくへびの　なべ』の　ちかくで、
クラスのみんなを　さがしていました。
「おまえは、だれだゾゥッ？」
ふりむくと、そこには、
みあげるような
おおきなゾウが　いました。

「ぼく、ポーちゃん」

「オレさまは、かぞうだゾウッ！」

ドスドスドスと、あしをふみならして、ニヤリと　わらいました。

（オレさま、いつもは、きそくをまもらなかった　おぼうさんを
ふみつぶして、たべる　やくめなんだがなあ。
こいつを　くったら、うまいだろうなあ。
ピチピチしてて、まるまるしてて……）

かぞうは、ゴクリと　つばをのみこみました。

（よーし、さっそく、ふみつぶしてくれよう！）

そうおもって、みぎあしを　あげたときです。

「かぞうさんって、おおきくて、カッコイイね！」
ポーちゃんが、いいました。
「え？　カッコイイ？　オレさまが？」
かぞうは、あしをあげたままで、ききました。

「うん、とってもカッコイイ！
つよそうだもん！」
「そ、そうか？」
かぞうは、ゆっくりと　あしをおろすと、
ニヤリとわらいました。カッコイイと
いわれるのが、だいすきだったのです。
「オレさまは、とっても
カッコイイのだゾゥッ！」

パオーンと、はなをたかく　もちあげました。
「ほのおも、　ふきだせるのだゾウッ！」
そういうと、　おおきくひらいた
めと　くちから、　ブオーブオーと、
ものすごいいきおいで、　ほのおを　ふきだしました。
「うわあ、　すごいっ！　カッコイイッ！」
ポーちゃんは、　パチパチパチと　てをたたきました。

かぞうは、うれしくなってしまいました。
それで、ちょうしにのって、
「こんなことも　できるんだゾウッ！」
ほのおで、まるや、
さんかく、しかくを
えがいてみせました。
「わあ、すごい、
すごい、
カッコイイ！」
ポーちゃんは、

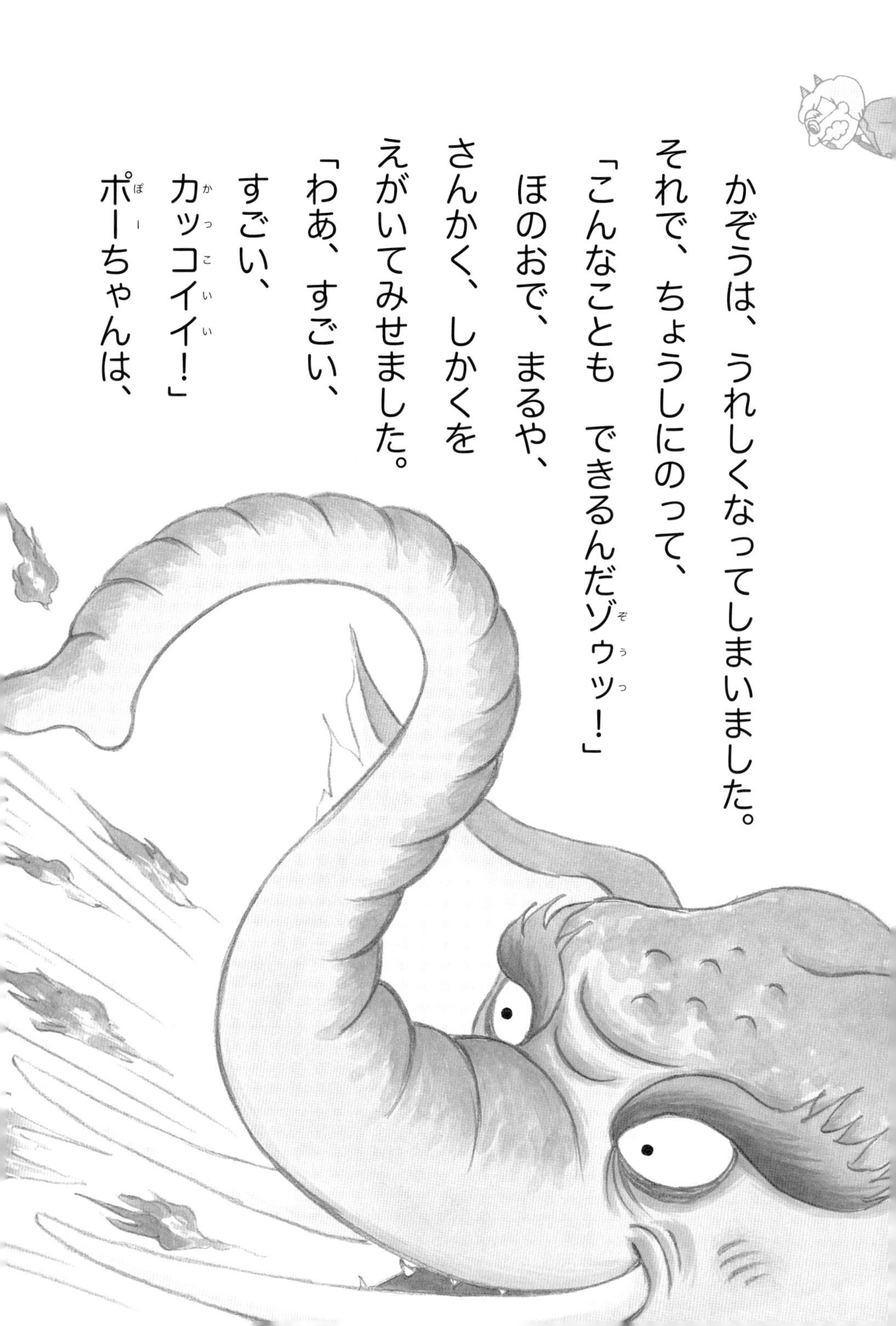

めをみはりました。
またまた
カッコイイと
いってもらえた
かぞうは、すっかり
きぶんをよくしてしまいました。
ポーちゃんが、くびをかしげました。
「ねえ、ハートマークも　できる？」
「む？　やってみたことは　ないが、
チャレンジしてみるのだゾゥッ！」

さらにカッコイイと　いわれたいかぞうは、めと　くちから、ハートマークのほのおを、いくつも　はきだしました。

「わあ、すごい！　カッコイイ！　ねえ、それって、かたあし　あげながらでも　できるの？」

「む？　やってみたことは　ないが、チャレンジしてみるのだゾゥッ！」

めと　くちから、ハートマークのほのおを　ふきだしながら、みぎあしを　ヒョイとあげました。

「わあ、すごい！　カッコイイ！　ねえ、このかなぼう、はなのうえに

たてながら、できる？」
「む？　やってみたことは
ないが、チャレンジして
みるのだゾウッ！」
そういうと、めと　くちから、
ハートマークの　ほのおを
ふきだして、みぎあしを
ヒョイとあげ、
はなのうえに、
かなぼうを　たたせました。

「わあ、すごいね！ カッコイイ！
ねえ、そのままで、グルグルまわれる？ ぼく、
さっき まわってみたけど、うまくできなかったの」
「む？ やってみたことは ないが、
チャレンジしてみるのだゾウッ！」
めと くちから、ハートマークの ほのおを
ふきだして、みぎあしを ヒョイとあげ、
はなのうえに、かなぼうを
たたせながら、グルグル
まわりはじめました。

「わあ、すごい！
カッコイイね！
かぞうさん、もっと
はやくまわれる？」
「もっと　はやくだな？」
カッコイイと
いってもらいたい
かぞうは、ひっしになって
グルグルとまわりました。
そのときです。

「おっとっと！」
かぞうは、バランスを　くずしました。
そして、そのまま、

どくへびの　なべに、
まっさかさま！
うじゃうじゃ　いる
どくへびたちが、いっきに
おそいかかります。
「た、たすけてくれーっ！」
かぞうが、さけびました。

「な、なにごとだ？」

じごくのオニたちが、やってきました。

「た、たいへんだ！」

「かぞうが、どくへびの
なべに　おちたぞ！」

オニたちが、ぞくぞくと
あつまってきます。

「た、たすけなきゃ！」

けれども、 するどいキバを もった
へびたちが かみついてくるので、 てが だせません。

かぞうは、もがきながら、
めと　くちから、ハートマークの
ほのおを　だしつづけました。
「かぞうさん、カッコイイ！　へびに
かまれても、ハートマーク、
だせるんだね！」
ポーちゃんは、
パチパチパチパチと
てをたたきました。
そのさわぎを　ききつけた

クビコせんせいが、くびを　にゅうーっと
のばして、やってきました。
「まあ、ポーちゃん、こんなところに
いたのね。さがしたのよ！」
「あっ、せんせい！」
ポーちゃんは、
クビコせんせいの
かおをみて、
ほっとしました。

ポーちゃんたちは、ひろいへやに　とおされました。
そこには、こうちょうせんせいが、
さきにきて、まっていました。
「みなさん、じごくの
こわいはなしを　しっかり
きいてきましたか？」
「あ、きいてない……」
ポーちゃんは、
クビコせんせいの
ようふくを　つかみました。

「せんせい、ぼく、
みんなといっしょに、
じごくのおはなし、
きかなかったでしょう？
だから、ぼくだけ、いえに
かえしてもらえなかったら、
どうしよう……」
「そうね、こまったわね……」
クビコせんせいは、
ちいさく　ためいきをつきました。

ゴーン、ゴーン、
ゴーン！
こんぼうで、てつなべが、
たたかれました。
いよいよ、えんまさまの　とうじょうです。
ヒゲをはやした、あかいかおの　いかにも　こわそうな
えんまさまが、へやに　はいってきました。

「おばけしょうがっこうの　みんな、
じごくは、どうじゃったかな？」
えんまさまは、イスにすわると、みんなを　みまわしました。

「しょうかいしよう。
ここにいるのは、
うまのあたまの　『めず』と、
うしのあたまの　『ごず』じゃよ」
めずと、ごずが、そろって
あたまをさげました。
「そして、これは、
『じょうはりの　かがみ』じゃ。
ひとびとの
いきていたころの　すがたを

うつしだす　ふしぎな
かがみなのじゃよ」
かざりのある
おおきな
かがみが、
おいてありました。
「さてさて、このじごくで　べんきょうして、こわいおばけに、
なれたかな？　なれなかったこは、じごくから、かえさぬぞよ」
えんまさまが、ワッハッハと、ごうかいに　わらいました。
そのときです。

からだに六十四こ　めを　もつオニが、
へやに　とびこんできました。
「えんまさま、たいへんです！
じけんが、つぎつぎ、
おこっています」
「じけん？」
「はい。ふくを　きたままの
にんげんが、ぞくぞくと、
じごくのなかに
はいってきています！」

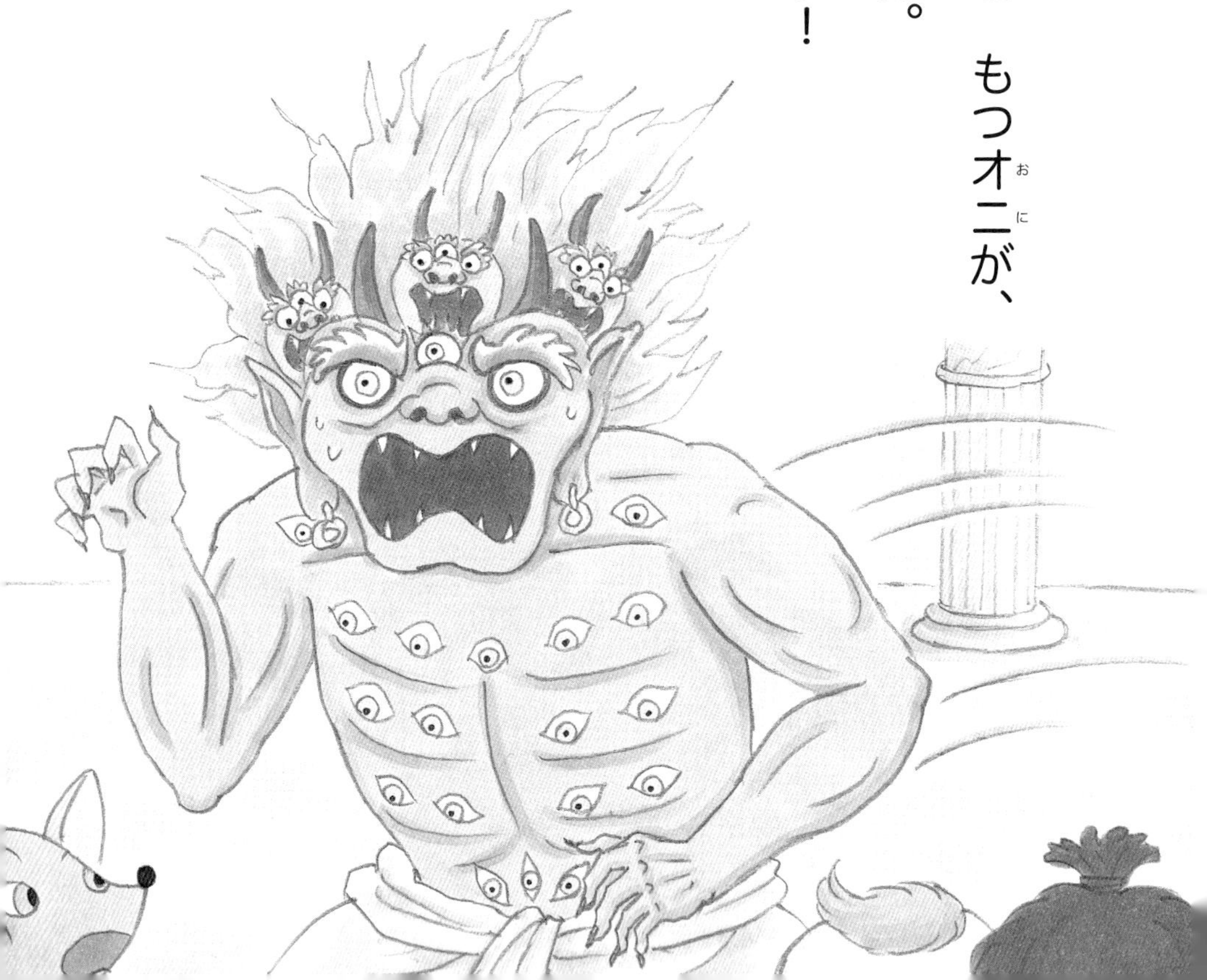

「なんと！」
「そして、さいもうしょうが、
おおけがを　しています！」
「な、なんと！」
「さらには、どくへびの　なべに、
かぞうが、おちています！」
「な、な、なんと！」
えんまさまは、じょうはりのかがみに
むかっていいました。
「そのときの　ようすを、うつしなさい」

すると、かがみは、まるで
テレビの　ニュースのように、じけんの
ようすを　つぎつぎにうつしだしました。
あー、だつえばさん、
はなみずと、よだれ
たらしてる！
あんぽんたんの、
オタンコナスに
なっちゃうよ！

な、な、なんと……
す、すべて、
おまえのしわざか？
うん……

それをきいた　えんまさまは、
おどろきのこえを　あげました。
「わ、わしは、こんなにも
こわいおばけを、
はじめてみたのじゃ！」
そういうと、つくえに
りょうてをついて、あたまを
さげました。
「おまえに　これいじょう、ここに
いられては、じごくが　たいへんな

ことになってしまう。　いますぐ、　かえってくれ！」
「えっ？　かえっていいの？」
「たのむ！　いますぐに、
かえってくれ！　たのむ！」
えんまさまが、ペコペコと
あたまを　さげました。
「わーい、よかった、
おうちに　かえれる！」
ポーちゃんは、
とびあがって　よろこびました。

それをみた　こうちょうせんせいが、　いいました。
「ポーちゃんは、　じごくのはなしを　ひとりだけ
きかなかったから、　わたしといっしょに
オニのかいぎに　さんかしなさい。
いいですよね？　えんまさま」
「そりゃあ、　こうちょうせんせいが、
ついていてくださるなら、　かまいませぬぞ。
せっかく　じごくに　きたのじゃから、
オニたちのはなしを　よーく
きいてから、　かえるのじゃ」

ポーちゃんは、めず、ごず、
そして、六十四この　めを　もつ
オニに、かこまれてしまいました。
「おもしろいはなしを
たっぷり　してやろう」
「うわーんっ！
やっぱり、ぼくだけ、
かえれないのーっ？」
ポーちゃんは、
なきだしてしまいました。

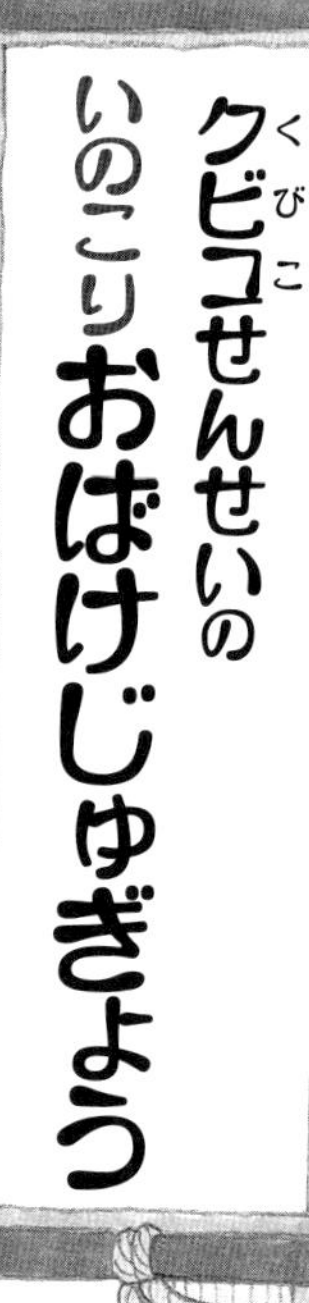

「じごく」には、たくさんの
こわ～いオニや おばけが いましたね。
どうしたら、こんなふうに こわくなれるか
もういちど おべんきょうしましょう！

だつえば

「さんずのかわ」の きしべで、ひとびとの
きているものを はぎとる、こわい おばあさん。
じつは えんまさまと けっこんしているという
うわさも ありますが、ほんとうかどうかは ふめい。

とくちょう きものを きている。ながい しらが

まいにちの トレーニング ボクシングで うでを きたえる

（コース）
あつい
おゆの
かまで
ぐつぐつ
にる じごく
3
かまゆで
じごく
しゅっぱつ
あつい ひが
ぼうぼう
もえさかる
じごく
1
さんずのかわ
あのよと
このよの
さかいめにある
かわ
ちょっと
おもしろそう
コンきちくん
いろんな
オニがいる！
ざしき
ちゃん